白根 厚子 詩集

青い石

竹林館

白根厚子詩集　青い石　目次

I

Ⅱ

III

Ⅰ

蝶がくる花

彼女は花々の苗を
いっぱいかかえてきた
この花ね　蝶がくるのよ

我家の殺風景な庭に植えだした

百日草
夏スミレ
マリーゴールド
ラベンダー……
ひと月もしないうちに
庭に花が咲きだした
蝶々は…と
空をみあげる

南天の花

白い爪を切ったような
花びらがいっぱいおちている
南天の花だって
おばあちゃんがおしえてくれたんだっけ

おばあちゃんのかたい爪は
かあさんでも
なかなか切れなかった

あれから
おばあちゃんの爪は
花びらになった

ひつじぐも

空いちめんに
ひつじぐもが広がっている
もう、秋が近いのかな

おーい
よんでも
よんでも
もこもこもこ
もこもこ
ひつじたちは
かけていく

ひつじぐもは
みんなの
悲しい気持ちをすいこんで
雨になるのよ

風がはこんでくる

門にはさびついた
プロペラのヒコーキがすえつけられている
風が吹くたびに
カラカラと音を立てている
あれは、
風がはこんでくるものを
まっているのだ
ふいに、ガラス戸があいて
となりのおじいさんが
外の様子をうかがっている

ちらっと、プロペラのヒコーキを見やり
ーきょうもこなかった
と、つぶやく

三時をまわったばかりなのに
もう、雨戸をしめている
おじいさんの　一日の終わりなのだ

八つ手の花

冬のわずかな陽をあびて
八つ手の白い花は
いくつも　いくつもの
花を咲かせている

小さい虻　大きい虻
ぶーん　ぶん
ぶーん　ぶん

花の蜜にむらがっている
食卓にあつまって
はしゃいでいる
こどものようだ

あしたはなんて
考えてもいない
ぶーん　ぶん
ぶーん　ぶん
……

虻のはしゃぐ羽音が
耳もとを　かすめていく

むくげの花

いつも通る
お稲荷さんの小道で
白いむくげの花がさいていた
色白のゆかりちゃんの顔がうかんだ
誰か見ている気がして
ふりむくと
しろぬりのきつねがウインクした
顔がほてってきた
あわててかけだしたら
かぜもおいかけてきた

しじみ蝶

一面の枯草に
しじみ蝶がいた
ほかの蝶たちは　見あたらない
秋も深まっているもの
風にしなる草に身をあずけたまま
ねむっているようだ

枯草に身をあずけた猫が
ういーんと身をのばしている
しじみ蝶は　あわてて
飛び上がった

だれもいない
猫もいってしまった

猫

見なれぬ　ぶち猫が
ベランダのイスにすわっている
ひだまりのなかで
ずっとだれかがそこに
すわっているような気がしていたが…

猫はわたしに気がつくと
まるで距離をおくように離れていくが

こんどは
咲きだしたばかりの水仙のよこで
こちらを見ている
ここはわたしの
居場所といっているように

だんごむし

庭の石の上の
ぞうきんをとったら
だんごむしがいっぱい

だんごむし
あわてて　あわてて
ごろごろにげてった
こっちだって　びっくり

あったかいおふとん
かけてねてたんだ
ねぼすけ　だんごむしたち
どこへいったん

波うちぎわで

わたしは波うちぎわで
海を見ているのがすきです
強いひざしをさけて
パラソルの下
波がうちよせる音が
わたしをねむりにさそいます
いつのまにか
遠い海の向こうの国です

ブルーベリーの木に
いっぱい実がなって
少女が　おいでとよんでいます

わたしは少女のさしだした
ブルーベリーの実をほおばりました
あまい　どこかすっぱい味
二人は、顔を紫色にそめて
たがいの顔をみて
大笑い

ボーッと汽笛の音で
目をさましました
あの白い船はどこから来たのでしょうか
もしかしてあの子が…

かばんをあけて
チョコレートボンボンをさがします

冬の木々たち

延々と流れる川
岸辺には
もう　枯れてしまった草木が
すすきも風になびいている
風が首もとから吹き込んでくる
ちぢみこみながらも
この風景がすきだ
葉を落とした木々たちは
冬芽をだいている
みぞれや雪が降っても負けない

日々くじけそうになる心に
声をかけてくれる木々たち
くるみの木、えんじゅの木、
桑の木……
よく見ると

冬芽のひとつひとつに
羊の顔、お猿の顔…
笑い声があちこちから聞こえてくる
わたしは、風になって
駆けめぐった

六月の雨

六月の雨はしずかだ
通りがかりの家からきこえてきます

―おばあさんや
泰山木の花が咲いたよ
見てごらん　いい花だろう
声につられて
庭の木を見あげたら
泰山木は大きな白い花弁をひらき
雨をうけとめています

この家のおじいさんがひとり
つぶやいているのでしょうか
亡くなったおばあさんも
見ているようです

しずかに　しずかに
雨がふっています

また　あした

男の子と、女の子は
おしゃべりしながら
ボールをなげあっている

小さな橋のまえにくると
男の子はボールをもったまま
橋をわたった
女の子は橋をわたらなかった

ふたりは川をはさんで
川沿いにつけられたフェンスごしに
話している

宿題わすれないでね
あした、日直よ

夕日

学校帰りのおねえさんも
自転車の子どもたちも
おかあさんと手をつないでやってくる
おんなのこも
大きな西日をせおってやってくる
夕日をせおって帰ると
その家はしあわせになるんだって

―お父さん早く帰ってくるといいのにね
母さんはさびしそうにいう

ぼくたちは西日に向かって歩いてる
真っ赤な夕日はまぶしい
母さんの顔かがやいている
まっかにね

父さんは帰ってくるよ
きっと…
きっと…

くらくなるよー

ーくらくなるよー
少年が駆けていく
夕闇からのがれるように

ひたすら
家の灯りをめざして
迎えてくれる家族の笑顔が
思いうかんでくる

―くらくなるよ―

少年は　また大きな声をあげながら
駆けていく

その声を聞きながら
家に向かう人々のあしどりが
軽くなっていく

春のしたく

冬空の下
びわの花が咲いている
あまりめだたないけれど
あれは花

ひよどりがきてついばんでいる
おもわずとびだした
ひよどりは
キーッと啼いてにげていった

実がならないじゃないの
背伸びして
そっと、花にさわったら
びわの実のにおいがした

もう、春のしたくをはじめたのね

青い石

鉱山の小学校は山の上にあった
夏になると山を下り
米代川まで一時間あまりを歩いた
川には、石を積み重ねプールにしてあった
流れるプールだ
夏の光がキラキラと川の流れに反射している
泳げない私は石を拾って遊んだ
　青い石…
水の中でかがやいていた
拾うと、ふつうの石だった

子どもたちの歓声
川のせせらぎの音
先生の終わりを告げる笛がなった
一日遊んだ　きょうという日
拾った青い石をひとつ
ポケットにいれた

つぎの日から熱を出して寝込んでしまった
何日たっても起きられない
先生が心配してお見舞いに来てくれた
廊下で話す声を寝たまま聞いていた
母が私のことを話している
　夏に弱くって…
一人っ子で大事にしすぎたせいかしら…

はじめてじぶんに出会ったような
じぶんがじぶんで
ここにいることが不思議だった
川のせせらぎの中では
青い石が普通の石だったこと
ことんと胸におちた
長屋の一室で天井をみながら…

約束

草笛の音がきこえてくる
川辺で草笛を吹くのはおじいちゃん
雨が降ってるのに

おばあちゃんに
よびかけるからねと
げんまんの約束をしたんだって
だから　いつも
川辺にやってきて草笛を吹いている

あっ、日がさしてきた
空のおばあちゃんからの合図かな
草笛の音色は
青い空にすいこまれていく

猫 2

もう、枯れてしまった草むらの中に
枯草かと見まちがえる
猫がうずくまっていた

—あいつ死んでるの……?
枯草がかぜになびいている
気になって
もう一度よんでみた
ふいに
こちらを見た猫の目

オレにかまうな
と、いすくめる目だった

ふみきり

カンカンカンカン……

ふみきりのむこうに
テッちゃんがいた

わたしを見たテッちゃん
すぐ横をむいた
　カンカンカンカン……
電車がちかづいてくる
ゴーッと音をたて目の前を通過していく

ふみきりが上がって
テッちゃんは、わたしがいなかったように
前を向いて走っていった

線路ぎわのタンポポが
風にゆれていた

はじめの　いっぽ

小さな駅に停車した
ドアが開くと
白いワンピースをきた
女の子が
五月の風とともに
妖精のようにふわりとはいってきた
少女は、
うれしそうに
―はじめの　いーっぽ
と、うたいながら

電車内をスキップしていく
少女といっしょに風がふきぬける

乗客は
まるで、少女にうながされるように
つぶやく
ーはじめのいっぽ

目をつぶっていたおじいさんも
目をあけてみる
おばあさんも　目をまんまる
ケイタイで発信していた若者も
ーはじめのいっぽと、つぶやく

制服の少年も
大きなバッグに入れたスポーツ用品が
音を立てる
もどればいい
はじめのいっぽに
だいじょうぶだよ

―はじめの　いーっぽ

Ⅱ

ペリカン

大きなくちばしに
星空を入れている

願いをこめられた星々を
人々に
とどけにいく

あれちのぎく

誰にも見向きもされず
咲いている
名前があることさえ知らず
目をむけさえすれば
美しいのに

言葉

足に青あざがあった
いつ、ぶつけたんだっけ
忘れてる
傷つけられた言葉は
いつまでも忘れないのに

冬のひざしの中で　３・11

ちいさなこわれかけたほこら
お正月の飾りがしてあった
—幾多のいのちが失われた
ちいさな祈りがかがんでいた

りんご

母さんがりんごの皮をむく
ゆっくりゆっくり
とぎれないように
皮のゆくえを
まっている
よろこびがみたくて

たわし

ゆうゆうと
たわしって
顔をしてる

だれにも
ひげをとらずに

みょうが

わすれられない
ずっと
思いつづけて
もう秋

ざくろ

おもいでいっぱいの
宝石をかかえている
だから
だいじょうぶ
生きていける

青い朝顔

あれっ、ここに
あの子がいたのに

声をかけると
鎖をひきずってやってきて
ぺろりと
わたしの手をなめた

いまは小屋もなく
青い朝顔が
一輪咲いている

さざえのふた

さざえを
たべたあと
ふたがすてられなくて
引き出しの中
おもいでが
渦をまいて
ころがっていた

おはじき

おはじき
はじきかえされて
ちゃぶ台の上
笑顔がはじけ

こんぺいとう

いくつもの
ちいさなつのが

口の中で
とけていく
雨あがりの日

バッタの時間

バッタが　ばりばり
はっぱをたべてる
時をたべてる
　あっ、カマキリ…
バッタの時間が消えた

へちま

ごわごわ
ごわごわ

へちまはせなかが
かゆいらしい

ごわごわ
ごわごわ
……
秋風がそっとふいてきた

なす

ゆうぐれどき
うらの畑で
むらさきいろの灯りを
ともしています

あしたがしんぱいで

ビー玉

ガラス玉の中に
かざぐるま

ころがりながら
風をかんじてる

あやとり

一本の糸から生まれる世界
　富士山　橋　亀
　ほうき

まだまだ

一本の糸は
どこまでも　つながっていく

守り神たち

安雲野の風が道祖神をなでていく
村人の守り神たち

仲むつまじく手をにぎりあい
頬をよせあうものも
平和とは難しいことではない
背をむけることなく
人肌の暖かさを睦みあうことなのよと
道祖神があちこちで
声をあげていなさるような

III

ウミホタル

小さな島の夜
無数の光をはなつウミホタル
　たたいてごらん
の声に
ぼくはむちゅうでたたきつづけた
無数のウミホタルは
光をはなつ
おばあちゃんは
そっと、僕の手を砂浜から離した
―痛みで光るなんて　かわいそうだよ
　海で死んでいった少年兵を思い出す

白いハマユウの花がかなしみを
こらえるようにゆれている

おーい、おーい
遠い海の果てから声がする

ワンピース

1

秋田に疎開して、帰らぬまま
この地に居着き暮らしていたころです
東京の叔母から
着られなくなった衣服が送られてきました
その中に、薄地の水色のワンピースが入っていました
まるで、春がやってきたようです
こころが躍るのをおさえながら
着てみたのですが手が通りません

……
水色のワンピースは
物置に入れられたままです

誰もいないとき、ワンピースをとりだし
胸にあてて踊りました
雪がとけていく春のきらめきが
わたしをおおうようでした
戦争をぬけてきた家族の
平和の色でした

2

写真屋がきたぞー
男の子たちが大きな声でしらせまわっている
あのころ、カメラなんて、あまりない時代
写真屋が来て写真を撮ってくれるのだ
外へかけ出すと
となりのカコちゃんと、おねえちゃんで写真を撮っていた
まぶしいのかカコちゃんは目をパチパチさせている
ー母ちゃん　わたしも写真を撮りたい

だけど、この服じゃねえ…
―いいから写真撮る
母ちゃんは、わたしの身体を手拭いでぬぐうと
内職で縫っていたワンピースを着せてくれた
―これでよし、よごすんじゃないよ
借り物のワンピースを着て玄関の前に立ったわたし
五月の光がまぶしかった

母の縫ったワンピース
あれから誰が着たのだろうか

焚火

夜更けのテレビで
焚火をしながら話している
二人の男と、一人の女
ポツン　ポツンと話しながら
炎を見ている
パチパチと木のはぜる音
焚き木がしだいに燃えていく
火がごうごうと音を立てはじめ
火の動きをカメラは、とらえていく

わたしは、いつのまにか子ども時代にいた
飯を炊くかまどの火番をしている

はじめちょろちょろ
なかぱっぱ……
赤子泣いてもふた取るな

しだいに燃えあがり
パチパチと木のはぜる音
御釜の飯は、ぐずぐず音を出しはじめた
　待つのだ、待つのだ
ある勘どころをまって
焚き木を引いた
木が燃え残った　オキを残す

オキの赤い色は燃える色
時間がたつほど
オキは輝きを失っていく
このまま、火が消えていけばいい
もう、飯は炊ける

母の焚火

母が、最初の空襲にあったのは、
昭和二十年一月、正月は終わっていたが、
餅が配給されるというので
二歳になる私をおぶって、配給を取りに行った
そこで、転び腹痛におそわれた
母は、身重だった
実家に近い築地聖路加病院に入院した
最初は盲腸だといわれたが、そうではなく
赤子は、死んでいたのだった
二度の切開、どんなに苦しかっただろうか
そこで、空襲に遭った

聖路加病院はアメリカのキリストの病院だから
空襲は受けないといわれていたが
爆撃機がすごい音を立てて飛んでいく
窓ガラスがビリビリ音を立て赤い炎の色でそまる
母は、手術したばかりの動けない体で
ベッドにしばりつけられたようだったという
その時の空襲で築地界隈では
地下壕にいた人々が、
爆撃され死んでいった

その時、病院に運ばれてきた人たちは、
床に寝かせられていたという
そんな母はベッドを明け渡すようにいわれた

その後、母は回復し小岩の家に戻ったが、
昭和二十年三月十日
東京下町一帯は、爆撃された
母から　この時の話を聞いた
幾たびも
くりかえし　くりかえし

古い小さな家々が立ち並んでいる所
ここは、中小企業の工場だという
アメリカ軍はそう判断した
それは、下町一帯にある家族工場か
個人の家で営んでいるささやかな仕事だったが…

アメリカ軍の爆撃機B－29は、下町一帯を
まるくとりかこんで、火を放つ作戦にでた

燃え上がる　燃え上がる
逃げる人々を容赦なく巻き込んで
逃げることもできないお年寄りを、病人を
大きな、大きな焚火で燃やす
火は熱をはらみ動き出す
巨大な火の玉はどうしようもなくふくれあがり
人々は、空中に飛ばされる
はじける音、家が倒れる音
逃げ場を失った人々は、隅田川を
流れていく

……

わたしは三歳だった
川を隔てた隣の集落に住んでいた
目のまえに
大きな焚火が燃え上がっている
燃え上がっている

わたしには、
記憶がないが両親からその悲惨さを何度も、何度も聞いた

焚火を燃やすということ
あれは焚火ではない
人殺しだ
戦争という人殺しだ
わたしの中で何かが燃え上がる

燃え上がる

優しい心のボール

―大人は、なんであんなに戦争したがるの
人を殺して　どうなるわけ
世界中のどこかで戦争している
人と人とのいがみあいが大きくなり紛争が続く
その紛争が絡み合ってますます大きくなる
戦争の連鎖だ

ベニガオザルの仲間は、オス同士がケンカを始めると
赤ちゃん猿がやってきて
ケンカ中のオス猿に〝ケンカはだめ〟とだっこをする

その猿の可愛さに、ケンカはストップ
平和の使者は、赤ちゃん猿なのだ
群れが違う猿が争いを始めると
赤ちゃん猿が駆けつける

危険と察する心、ケンカはいけない
今、起きている現状をすばやく察し
オス猿に抱きつく
これは、咄嗟の行動
優しい心のボールなのだ
誰もが、幸せであるように―
ベニガオザルの赤ちゃんが持って生まれたものではないか
いや、人間だってそうだったかもしれない

もし、大人たちが争いごとを始めたら
優しい心のボールを投げたい

受け取ってくれたら
―ナイスキャッチ
ぼくは、大きな声でさけぶ
ともに、生きたいと―

七十八年目の雛まつり

昭和十八年生まれの私のお雛さまは、
築地の祖母が、銀座松坂屋で買ってくれたものだ
小さい木目込み人形が　お内裏さま　お雛さま
五人囃子　三人官女などが　ガラスケースに入っていた
お囃子の音と　話し声が聞こえてくる気がした

日本は、この頃敗戦の色が濃くなっていた
日本各地で、米軍の空襲が街々を焼きつくしていた
私が三歳の時、小岩に住んでいた
高射砲基地でもあった小岩で、Ｂ－29を落とそうと
すさまじい音をたてるのを聞きながら

中川を挟んだ対岸で火の手を見ていたと母が語っていた
東京大空襲は、10万人の人々が亡くなった

翌日、弟をさがしに行った父は、弟を見つけ出し
東京は危ないと、秋田へ早々と疎開した
だが、父に徴収令状が来て戦争へ赴いてしまった
生活習慣がちがう秋田で取り残されたような生活だった
父の帰還後、鉱山に勤め六軒長屋生活がはじまった
世の中が落ちついて　雪の残る三月、雛飾りをした
とても嬉しかったひととき

六軒長屋の同じ棟にBくんの一家が住んでいたが、
Bくんは長屋の裏を通ったとき、
ひょいと私の家をのぞきはじかれたようにとまった

そのうち、すうーっと、手がのびて、
ガラスケースの中のお雛さまを一つ掴みとると、
あっという間に走り去った
母はあわてて追いかけ　お雛さまは　無事に戻ってきた
あの子は、きっと　お雛さまのかわいらしさに
魅せられたに違いない

三月十日の空襲のときも、
たくさんのお雛さまが焼かれていった
お雛さまを大事にしていた子どもたちも……
七十八年目の雛まつりに、ふっと思うのだ

忘れていなかった臭い

戦後75年を経た
ＢＳ－アーカイブスで「戦争孤児」をやっていた
東京大空襲で家族を亡くし残された子どもたちは、
食べるために盗みをした
人間の生は、食べることを欠かせない
そんな子どもたちが、浮浪児狩りと、称して
鉄格子のなかに入れられた
何故、鉄格子の中に入れられたのだろうか
人の物を盗むことが犯罪としたら、

戦争で、父、母を殺され、家を焼かれ
行き場のない孤児たちは、
何を保障されるのだろうか
どこに保護されるのだろうか
狩られた孤児たちは、お腹を空かし
鉄格子の中でふるえている

夜明けの上野駅は、静かだった
浮浪児がいたあたりから
あの匂いがしてくる
忘れられない匂いだ
東京は少しずつ復興していたが
臭いは、そのままだった

築地は母の実家、バスで通りかかったとき
華やかだった　歌舞伎座は、焼かれたままだった
わたしは、焼け焦げた歌舞伎座を見ながら
ここも燃えたんだと思った

ふと、遠くから聞こえてくる
神楽の音
赤獅子、白獅子は
頭をふりかざしやってくる

　どんつくどん　どんつくどん
どんつく　どんつく　どんつくどん

うなり声をあげ

してはならぬ
してはならぬ
戦い　いくさは　してはならぬのだ
獅子の舞が佳境になるにしたがって
頭をふりまわし　ふりまわし
戦　いくさは
してはならぬのだ
してはならぬのだ
と……

白い貝殻

白い貝殻をもらった
南の海でひろったんだって
貝殻は何年も波に打たれて
小さかった
なんだか見ているうちに
涙がでてきた

戦艦がやってきて
海を埋め尽くすようだったと…
あの小さな島で何があったのか

時がどんなに流れようと
忘れてはならないことがある

白い貝殻は
私の手のひらで
つぶやいている

赤い靴

私が中学生の時、靴職人だというその人のお店に、
連れられていった
お店には手作りの靴がならんでいた
靴職人が、私の足の寸法をはかった
靴の寸法を測って作ってもらうなんてどきどきだった
　赤い靴はいてた女の子
　横浜の埠頭《はとば》から
　異人さんにつれられて行っちゃった……
ラジオからよく流れていた童謡だ
悲しい歌だと思った

しばらくして、靴屋さんから届いた箱を開けると、
赤い靴が出てきた
足にピッタリだけど、大きくて不恰好
あれから、赤い靴を履いた記憶はない
ハイヒールを履くようになってからも、
足にぴったりくるものはなかった
ブーツや、運動靴、サンダル履きで過ごした
結婚して、子どもたちが大きくなった頃
浅草の靴屋で赤いハイヒールを見つけた
赤いハイヒールは、タカラモノとなった
だが、五十歳も後半、自転車で転倒
足を複雑骨折、通常になるまで一年かかった
友人の出版記念会があり、出かけることにした
恐るおそる赤いハイヒールを履いた

銀座の街をいつのまにか、闊歩していた
七十八歳の現在、圧迫骨折による首たれ、背骨曲がり
パーキンソン病と、さっそうと歩けなくなった
だが、私は歩いている、毎日歩いている
赤いハイヒールは断捨離した

君へ

私は君を知らない
だけど、知っている
私の友人の子どもだから

話しかけていいかしら?

冬　葉っぱは落ち
欅並木はすっくと空に手をのばしている
近くの神社の銀杏の木は、
ドーンと居座っている
ときどき、冷たい風が首元を吹いていく

早く春にならないかな……と

これからどう生きるの？
私、かかわれないが一歩あゆみ出そうよ

思いもかけなかったコロナの出現に
職を失い、きょう食べるものさえ
事かいている人がいる
だけど、
もうすぐ春がくる

私も、一歩踏み出すのが大変
幸い　いまは薬が効いている
いつ寝たきりになるか、わからない

日々動いて運動、リハビリと絶えず動き回っている
物忘れがひどく、花の名や、身近な人の名前まで出てこない
なにをどこに置いたかなんて
いつもさがしまわってる

もう一つの病は、背骨の圧迫骨折による手術で
首がたれ下がり歩くことも大変
だから、日々首の体操をかかせない
筋力の弱るのを防ぐためだ
生きている限り続けるしかない

君、健康なんでしょう
私の手を引いてくれないかな
そうしたら、私　もっと歩ける

もっと話しかけていい？
君のお母さん、素敵な人だった
こんなに、早く亡くなってどんなに悲しかったことだろう
彼女は、公民館で社会教育の仕事につき
生きがいを持って働いていた
自分史を書きながら、学んだ文章教室
中年の生徒たちは、目を輝かせ学んだ
いまだ続けている文章サークルがある
自分の喜びとなっているのだ
考え、書き、思考を深める
それぞれの人は、歩いている
自分の道を、君のお母さんに目ざめさせられた
君は、一人の深い愛に育てられた

だから、共に歩こうよ
望みはなんなの？
今度きかせてくれない？

探知棒

学校から帰って来たら
背の高い男と、太った男がいた
男たちは、八十センチほどの長い棒をもって
地面をつつきながら
棒のてっぺんに耳をあてている

母ちゃん、ただいまー　何してんの？
漏水しているのだって
漏水って……？
水漏れさ　それがどこか、
さがしているのよ

ふうん…

—どこだ　どこだ　水道の水漏れはどこだ
男二人が棒のてっぺんに耳をあて
地面をつつき
水の流れる音をさがしてる
　コツ、コツ、コツ、コツ、コツ……
—ここだ、ここだ
背の高い男がいった
男は得意げに、ちらっと、笑った
庭の水道管が腐蝕して水が漏れているようだ
太った男はただちに　大きな庭石をどかしだした
背の高い男も、大きな庭石にいどみかかった
—どっこい。重てぃーなあ
　それー　どっこらしょっと、

二人の掛け声が、庭から天に響いていく
穴を掘り腐蝕した水道管は取り換えられた
配管直しは、一時間余りで終わった

―母ちゃん、オレ遊んでくる
克也の手元には、竹の長い棒
漏水はどこだ
漏水はどこだと駆けていく
―オレ探し屋になる
大事な宝物をさがす―探し人もいいな…

生きるって

一人で暮らすことは
空洞の中にいるような気がする
雨粒の音が、　ぽとん　ぽとん　ときこえてくる
話しかけられているような気がして
それに　答える

さびしいとき
猫一匹飼いたいな
そう　思うことがある

年寄りだから駄目だっていわれても
知らんふりして売ってもらえるかな
　金魚ならいいけどって　いわれちゃった
猫がいいの　猫じゃなきゃいらない
相性が合うのは　猫だって気がするから
猫と　あそぶ
　ハイ　タッチ
猫が　足でわたしの手にふれた

つぎの朝　庭のバケツの氷が凍っていた
分厚い氷だ
しばれていたものな……
あの氷　さびしさのかたまりのようだった

詩のこころを忘れない

十八歳で東京へ出て来たが
都会の波に押し流されていた
僅かでも自分を生かすことが容易ではない
立ち所がない
不安定な都会で孤独だった
将来のためと洋裁を学び
ひたすら寮で縫い物に精を出していた
そんな時、何故かたまらなくなり
寮の屋上へ上る
夕焼け空がきれいだった
―詩のこころを忘れないように

と、いった恩師の言葉が
いつもどこかで渦巻いていた
そのことばに操られるように
僅かな時間をつくり
都会の中をさまよいあるいた
詩のこころなんて見つからなかった

新宿駅は改装工事中だった
雨が降って寒い夜
人混みの中に黒い洋服を着た女性が
首から小さな看板を下げている
「詩集〇〇」１００円とあった
とても、私には眩しかった
この人は自分を生きていると思った

でも、詩集を買う勇気がなかった
ただ買うのなら誰でもできる
私には眩しかった
新宿駅で何度となくあの人を見かけた
何度目だっただろう
私は思いきって詩集を買った
手にした詩集はガリ版刷り、おそらく自筆だろう
―詩は寂しく悲しかった

その頃、ベトナム戦争があった
日本の国、沖縄からベトナムへ
戦闘機が飛んでいったなんて知らなかった
ベトナムで死んだアメリカ兵が沖縄に運ばれて
祖国へ帰ったなんて知らなかった

そしてなにより
戦闘機がベトナムの空から枯れ葉剤を
撒いているなんて知らなかった
そのせいで生まれてくる子が奇形児に…
手足欠損の子どもが多く見られたことも知らなかった
—詩は寂しく悲しかった

結婚し子どもが生まれて
この子が生きていく社会ってものが見えてきた
そして、知った
知らないでは済まされないことを
詩のこころを忘れないってことは
誰もがしあわせに繋がることかも知れない
それでも

—詩は寂しく悲しかった

詩は隣にいる人をおもいやるこころ
人と人が繋がっていくこと
私は、詩のこころを忘れない

あとがき

詩集『青い石』は、わたしが体験した子ども時代を書いたものだ。川の水が流れていく。川の流れの中に青い石を見つけた。とっさにわたしは拾った。まるで宝物のように思えたのだ。だが、拾うと、手のひらにのせられた石は、ただの石だった。こんな思いをした人は多々いたことだろう。

この時、物の見方があるのだということを知った。錯覚でも、そこに夢を見ることも必要なのだと後年になって思っている。

夢を見ることの大切さを、いまこうして詩の本を通して皆さんに感じてもらえれば、とても嬉しい。子ども時代にしか、感じられない感性を大事にしたい。だからこそ、子どもたちに、詩を読んでほしい。そして、ともに語れたらどんなにいいだろうな。

白根厚子

白根 厚子（しらね あつこ）

1943年東京生まれ

詩　　集『胸のどどめき』『十センチの平和』『わたしの記憶』
　　　　『壁に花を描く村』『母のすりばち』（第49回壺井繁治賞）
童話作品『しん子のポケット』『あやちゃんのスケッチブック』
　　　　『人形がかぞえる子もりうた』他

詩人会議会員　児童文学者協会会員
「十センチの会」同人　詩誌「小さい詩集」同人

住所　〒340-0017　埼玉県草加市吉町2-4-43

白根厚子詩集　**青い石**
2021年6月10日　第1刷発行
著　者　白根厚子
発行人　左子真由美
発行所　㈱竹林館
〒530-0044 大阪市北区東天満2-9-4 千代田ビル東館7階FG
Tel　06-4801-6111　Fax　06-4801-6112
郵便振替　00980-9-44593
URL http://www.chikurinkan.co.jp
印刷・製本　モリモト印刷株式会社
〒162-0813 東京都新宿区東五軒町3-19

ISBN978-4-86000-447-7　C0092